LES AMANS BROUILLÉS,

COMÉDIE

EN UN ACTE, EN VERS,

ET MÉLÉE D'ARIETTES.

Par M. D. L. ***.

MISE EN MUSIQUE PAR M. D.

Jupiter, ex alto, perjuria ridet amantum.

Ovid. de Arte amandi.

A PARIS,

Chez la Veuve DUCHESNE, Libraire, rue Saint=
Jacques, au Temple du Goût.

M. DCC. LXXVI.

Avec Approbation & Permission.

PERSONNAGES.

NICOLAS, pere de Laurette.

LAURETTE, Amante de Colin.

ADELAIDE, Amante de Julien.

COLIN.

JULIEN.

*Le lieu de la Scène est dans un Bois, dans
le lointain duquel on apperçoit la maison de
Nicolas.*

LES AMANS

BROUILLÉS,

COMÉDIE.

SCENE PREMIERE.

NICOLAS *quitte sa hache & regarde ses fagots.*
On en voit plusieurs à droite & à gauche.

COMBIEN en voilà-t-il? voyons çà... dix, vingt,
  trente....
Diable! trente fagots! .... allons, ça n'est pas mal.
Ah! si ma femme encore en étiont plus contente!...
Mais alle n'en fera pas moins son baccanal.
J'ons beau matin & soir travailler comme un diantre,
J'ons beau me coucher tard, puis être matinal,
Alle trouvons toujours à brailler quand je rentre....
Que l'homme a pour femelle un méchant animal!

ARIETTE.

Hélas! le mariage
N'est qu'un dur esclavage.

A ij

A peine les amants
Sont entrés dans la cage,
Qu'aussi-tôt les pauvres gens
Tiennent le même langage
Qu'on doit dans le veuvage,
Parler d'heureux moments !
Oui, qu'on me blâme, ou qu'on m'approuve,
J'aime, je veux ma liberté,
Et ce n'est pas en vérité,
Près d'une épouse qu'on la trouve.

SCENE II.

NICOLAS, COLIN.

COLIN.

Que faites-vous ici, Nicolas?

NICOLAS.

Eh mais dame !
Hélas ! j'y travaillons pour contenter ma femme,
Et ça n'est pas aisé. Je savons qu'aux maris
Les femmes d'apréfent baillent ben de la peine.
Mais ce n'est rien auprès de celle que la mienne
Me baille à tout moment ; ma foi, mon paradis
Près d'elle est ben gagné, c'est la femme la pire
De toutes celles du pays.
A tout ce que je fais a le trouve à redire.

COLIN.

Mais si vous avez tort....

NICOLAS.

Mon Dieu non, je te dis.
C'est qu'alle aime à me contredire ;
Auffi j'fons ces fagots bin fourrés, bin garnis,
Pour qu'alle n'ait rien à me dire ;
Je ne demande que la paix,
Comme tu vois ; & fi Claudine
Voulait me l'accorder jamais,
Nous ferions tous les deux plus qu'heureux, par ma fine,
Tiens, moi, j'aimons qu'on foit toujours de bonne humeur.

ARIETTE.

J'évite la mélancolie
Comme le loup fuit le Chasseur :
Sans la gaité point de bonheur,
Il faut qu'on rie,
Quelle manie,
Quelle folie,
D'être toujours sombre & rêveur!
Crois-moi, Colin, la bonne humeur
Est le baume de la vie.

COLIN.

La gaité, je le fais, est une bonne chofe,
Mais d'en avoir toujours envain on fe propofe :
Malgré nous les chagrins nous font changer de ton.

NICOLAS.

Oui, mon cher, les chagrins... tu n'as que trop raifon.
Cette maudite drogue, hélas! partout fe trouve,
Partout on en voit à foifon,
Surtout quand on a femme, autant vaut une louve !
Ma foi vive le fort d'un veuf ou d'un garçon.
Mais quoiqu'à tout moment ma femme me chagrine

Je l'aimons, moi, de tout mon cœur;
Car mise à part son humeur tracassiere,
Claudine dans le fond est bonne ménagère,
Alle est sage, alle a de l'honneur,
Alle a même un bon caractère,
Et pour faire un peux mieux voguer notre galère,
Il ne lui faudrait rien qu'un peu plus de douceur.
Pour qu'alle en ait, dis moi, quel parti faut-il prendre?
Jarni, si ça pouvoit se bailler, par bonne heure,
Ma fille & moi j'en avons à revendre.
Mais cependant il faut chercher à l'adoucir.
Dis-moi donc comment faut-il faire?
Hem! t'es intéressé dans toute cette affaire;
Car si tu prétends obtenir
Ma fille, il faut avoir l'agrément de sa mère.

COLIN.

Ce moyen-ci pourrait vous réussir.

NICOLAS.

Voyons-le donc.

COLIN.

Cherchez tout ce qui peut lui plaire.
A tout ce qu'elle veut tâchez de consentir;
Quand même elle ferait partout le diable à quatre...

NICOLAS.

Je fermerai la bouche?...

COLIN.

Il faudra l'applaudir.

NICOLAS.

Bien! Quand elle ira prendre un bâton pour me battre
Quand elle me dira va-t-en à la riviere

Te noyer....
COLIN.
Il faudra sur le champ y courir ;
Du moins faire semblant, & puis ne revenir
Qu'après que vous saurez sa colere appaisée.
NICOLAS.
Se noyer de la sorte, est chose fort aisée.
COLIN.
Sans doute.
NICOLAS.
(A Colin, en lui tendant la main.)

Tâtons-en.... Voyons, touche, Colin.
Je ne te croyais si grivois & si fin.
Tu seras mon beau fils. J'en jure sur mon ame.
Certes, j'allons si ben faire auprès de ma femme,
Que Laurette sera la tienne ce matin.

(Il charge sur ses épaules quelques fagots qu'il emporte.)

SCENE III.

COLIN.

Moi l'époux de Laurette!...elle est jeune, elle est belle...
Je sais qu'elle a beaucoup d'appas ;
Mais quoiqu'Adelaïde en ait un peu moins qu'elle,
J'en fais cependant plus de cas ,
Puisque Laurette est infidelle.
Cette Laurette à tous moments
Aime à voir autour d'elle une foule d'amans

Qui l'admirent, & qu'elle écoute.
Est-ce moi que de tant de gens
Elle aime le plus ? Non, fans doute.

ARIETTE.

Dieux ! quelle est ma tristesse !
L'inconstante à présent
Pour d'autres me délaisse :
Ah ! que fon changement
Affaiblit ma tendresse !
Si l'amante coquette
Rend quelquefois l'amant
Plus tendre & plus constant,
Sa conduite indiscrete
Le rebute souvent.

Que vois-je ? .... justement.... C'est Laurette, elle va
Découvrir mon amour.... Je crains.... Évitons-là.

SCENE IV.

COLIN, LAURETTE.

LAURETTE *accourant d'un air gai, & l'arrêtant.*

BONJOUR, Colin !

COLIN *froidement.*

Bon jour.

LAURETTE.

Qu'est-ce qui t'inquiéte,
Dis, ne cherches-tu pas Laurette ?
Confole-toi donc, la voilà.

COLIN.

Eh bien, tant mieux pour elle.

LAURETTE.

Et pour toi ?

COLIN.

Pour moi, foit.

LAURETTE.

Tu me la donnes belle,
Je l'entends bien comme cela.

COLIN *à part.*

Je ne puis plus long-tems fupporter fa préfence.

LAURETTE.

C'eft bien mal à toi, quand j'y penfe,
Tu ne demandes pas des nouvelles....

COLIN.

De quoi ?

LAURETTE.

De mon mouton.

COLIN.

A çà, dis-moi,
Il n'eft pas retrouvé, fans doute,
Je cours le chercher.
(*Il veut s'en aller.*)

LAURETTE *l'arrêtant.*

Non, écoute,
Il eft retrouvé, je te dis.

ARIETTE.

J'ai retrouvé mon cher Robin,
Que l'allégreffe
Partout renaiffe ;
Plus de trifteffe,

Plus de chagrin.
Mon mouton & Colin
Partagent ma tendresse.

COLIN, *à part.*

Je n'en crois rien.

LAURETTE.

Jacques, Denis
Julien, Lucas, & le gros Blaise,
Sont venus pour le voir....

COLIN, *à part.*

Mais là, par parenthèse,
En voilà-t-il assez ?

LAURETTE.

Chacun est accouru....

COLIN, *à part.*

Ça m'en a l'air, j'en suis fort aise.

LAURETTE.

Et Colin est le seul qui ne soit pas venu.

COLIN.

Aussi c'est justement pour çà que je te quitte,
Car je veux à mon tour l'aller voir.

LAURETTE *l'arrêtant encore.*

Pas si vîte:
Tu ne t'en iras pas avant de m'avoir dit
Pourquoi tu ne ris pas comme à ton ordinaire.
Je ne sais.... Tu m'as l'air tout chagrin, interdit.
Parle..Qu'est-ce?.. aurais-tu pour moi quelque mistère?
Je ne le pense pas : t'aurais-je contredit?....
Ah! m'y voilà.... j'ai deviné l'affaire,
Je suis présentement au fait.
Tu voudrais avoir le portrait

Que notre Seigneur m'a fait faire.
Je te l'ai refusé de peur
Qu'on en jasât.... Mais grand malheur,
Comme je n'aime pas à chagriner personne,
Et surtout toi, je te le donne.

COLIN, *à part.*

A quoi bon ce portrait, si je n'ai pas son cœur?

LAURETTE.

Tu vas cesser d'être sombre & sauvage.
Pour à présent tu peux aller voir mon mouton.
Je ne veux pas ici t'arrêter davantage.
(*Colin s'en va.*)
Mais il ne paroît pas pour ça plus content.... Non.
Voilà de l'extraordinaire.
Colin s'en va peu satisfait;
Ce n'était donc pas mon portrait
Qui le chagrinait.... Mais qu'y faire?
Là-dessous, à coup sûr, il est quelque secret,
Oui....quelque chose enfin que je ne comprends guère.

SCENE V.

ADELAIDE, LAURETTE.

ADELAIDE.

COMMENT, Laurette au bois!

LAURETTE.

J'y viens prendre le frais.

ADELAIDE.

Mais n'y viendrais-tu pas plutôt par avanture....
Pour attendre quelqu'un ?

LAURETTE.

Quelqu'un ?

ADELAIDE.

Je gagerais.
Que c'est pour cela seul. J'en juge à ton allure.

LAURETTE.

Et de quoi juges-tu ?.... je n'entends pas.

ADELAIDE.

Je crois
Que la chose n'est pas difficile à comprendre.
Ton Amant t'a donné le rendez-vous au bois ;
C'est aussi pour cela qu'au bois tu viens l'attendre.

LAURETTE.

Avant que d'en attendre, il faudroit en avoir

ADELAIDE.

Et tu n'en as pas ?

LAURETTE.
Non.

ADELAIDE.

Moi je sais le contraire.

LAURETTE.

Mieux que toi cependant je devrais le savoir.

ADELAIDE.

Voyez cette grosse sorcière !
Sans doute tu le sais, & si tu n'en dis rien,

Sans chercher si loin le mystère,
C'est la crainte qui te retient,
Voilà toujours notre ordinaire.

CHANSON.

L'enfance est légere & volage,
Tout en elle est inconféquent ;
Mais que la tiédeur de cet âge
Fait bientôt place au fentiment !

❖

A l'indifférence infipide
On voit fuccéder le defir ;
Au fond du cœur on fent un vuide
Que l'on ne cherche qu'à remplir.

❖

Il eft un Berger au village
Dont la beauté fçait nous charmer,
On lui fourit : le cœur s'engage....
Un inftant fuffit pour aimer !

❖

Laurette, voilà ton hiftoire,
C'eft auffi la mienne à mon tour :
Loin d'en rougir, je m'en fais gloire,
On doit un tribut à l'amour.

LAURETTE.

Ainfi j'ai donc un amoureux.

ADELAIDE.

Et tu ne le hais pas encore.

LAURETTE.

Tu le nommes ?....

ADELAIDE.

Oh ! je ne peux
Te dire fon nom, je l'ignore.

'Je te dirai celui du mien,
Car nous en avons un, n'en déplaise à Laurette,
Si tu me dis celui du tien.
Si tu tiens la chose secrette,
Je ne te dirai rien non plus,
Ce sera refus pour refus,
Ainsi, la belle, je m'arrange.
(*A part.*) Je voudrais la pousser à bout.
(*Haut.*)
Me le diras-tu ? non ! va, tu perdras au change,
Car tu ne sauras rien, & moi je saurai tout.

LAURETTE, *d'un ton fâché.*

Tu seras alors bien savante !

ADELAIDE.

Quittons ce discours maintenant,
Car tu n'en as pas l'air contente,
C'est qu'il te fâche apparemment.

LAURETTE.

Point du tout.

ADELAIDE.

Qu'as-tu donc ?

LAURETTE.

Je n'ai rien ;

ADELAIDE.

Mais enfin...
Tu n'es pas gaie, au moins.

LAURETTE, *doucement.*

Non.

ADELAIDE.

La chose est plaisante,

Je viens de rencontrer tout-à-l'heure Colin....
Il était, comme toi, tout rêveur & chagrin.
Pour moi je ne fais pas ce que cela veut dire.
Tout le monde eſt triſte, aujourd'hui.
Et vous verrez bientôt que je vais l'être auſſi !
Toi, qui ne dois ſonger qu'à rire,
Qu'as-tu pour t'attriſter ainſi?
Tu n'en as pas ſujet, je crois, pour Colin paſſe.

L A U R E T T E.

Comment?

A D E L A I D E.

On n'aime pas à ſe voir rebuté.
Dame ! il voudrait que je l'aimaſſe.

L A U R E T T E.

Que tu l'aimaſſes ! lui....! Colin?

A D E L A I D E.

En vérité

L A U R E T T E.

Il t'aime donc?

A D E L A I D E *d'un ton ironique qu'elle ſoutient*
pendant le reſte de cette Scène.

Au fond j'ignore ce qu'il penſe.
A l'entendre on croirait qu'il m'aime tendrement;
Et depuis qu'il a fait avec moi connaiſſance,
Sans ceſſe il va le répétant,
Au point que cela tient fort à l'extravagance.
C'eſt auſſi vrai que nous voilà.

L A U R E T T E.

Et toi.... l'aimes-tu?

A D E L A I D E.

Non, mais j'en aurais envie.

Que me conseilles-tu ? .... vois, parle.

LAURETTE.

Sur ma vie
Tu ferais là, ma chère, une étrange folie ;
Car.... connais-tu ce garçon-là ?
Sais-tu s'il eſt honnête & ſage ?

ADELAIDE.

Il l'eſt.

LAURETTE.

Qui te l'a dit ?

ADELAIDE.

Ne t'embarraſſe pas.
Depuis qu'il eſt dans ce village,
On peut le connaître.

LAURETTE.

Oui, ſeulement de viſage.

ADELAIDE.

Qu'il n'a pas mal, au moins.

LAURETTE.

Fais comme tu voudras.

SCENE VI.

ADELAIDE.

CE que je lui dis l'inquiéte !
Aimer Colin !.... j'ai dit cela,
C'était pour rire avec Laurette.
Aimer Colin !.... je ſuis encor bien loin de là !

Ce

Ce n'est pas que Colin n'en vaille bien un autre.
Colin est beau, bien fait, il ne lui manque rien
Il a bon cœur enfin ; Colin est bon apôtre.
Mais pourrais-je l'aimer en connaissant Julien !
(Elle prononce ces derniers Vers à voix basse.)

SCENE VII.

COLIN, ADELAIDE.

COLIN, *croyant ne pas être apperçu, avance*
tout doucement.

ADELAIDE, *sans faire semblant d'appercevoir*
Colin. A voix basse.

COlin vient, doucement. Il voudrait me surprendre.

COLIN, *à part.*

Elle ne me croit pas si près.

ADELAIDE *qui l'écoute. A part.*

Oh ! le gros fin.

COLIN, *à part.*

Ecoutons-la …

ADELAIDE, *à part.*

Je vais en dire pis que pendre
Pour sa peine.

COLIN, *à part.*

Ecoutons.

ADELAIDE, *à part.*

Ecoute bien. (*Haussant la voix.*) Colin…

B

C O L I N, *à part.*

Elle me nomme ! ....

A D E L A I D E, *à part, hauſſant la voix.*

Colin, dis-je,
Eſt un drôle, un mauvais ſujet.
C'eſt un vaurien, un fourbe, un ſcélérat parfait,
Qu'on ne peut retenir , & que rien ne corrige ;
Ce Colin, tout le long du jour,
Fait le déshonneur des familles,
Et ne cherchant jamais qu'à ſéduire les filles,
Il deſirerait bien auſſi me ſéduire à mon tour.
Quand il m'aurait trompée... Eh bien, la belle gloire !
Il me dit que pour moi ſon cœur brûle d'amour,
Mais moi je ne ſuis pas ſi ſotte pour le croire.

C O L I N, *ſe préſentant, tout-à-coup.*

Vous ne me croyez pas ?

A D E L A I D E, *contrefaiſant un air de ſurpriſe.*

Vous avez écouté
Quand je faiſais votre panégyrique ?
Vous m'avouerez au moins que je ſuis véridique....
Je ne vous ai pas trop flatté,
Je ſuis ſincere.

C O L I N.

Un peu trop même !
Quoique vous en diſiez, je ſuis ſincere auſſi
Quand je vous dis que je vous aime,
C'eſt véritable.

A D E L A I D E, *en riant.*

Oh que nenni !

COLIN.

Non, c'est vrai, sur ma foi.

ADELAIDE.

Cela vous plaît à dire.

COLIN.

ARIETTE.

Je vous nomme sans que j'y pense,
Votre entretien me charme, & je crains votre absence.
Je ne puis devant vous retenir mes soupirs,
Et votre rencontre imprévue
Me cause de certains plaisirs,
Que je ne sens qu'à votre vûe.
Peut-on vous voir sans former des desirs ?
Je songe à vous malgré moi-même;
Je crois vous voir la nuit, je vous cherche le jour,
Si ce n'est pas là comme on aime,
Apprenez-moi ce que c'est que l'amour !

ADELAIDE, *d'un ton ironique.*

L'amour.... Encor l'amour? ....Cet amour est sans fin.
Ce mot-là me fait peur.... Moi, je n'aime qu'à rire,
Souffrez donc que je me retire,
Servante à l'amoureux Colin.

Elle s'en va, Colin la suit : mais Adélaïde évite sa
poursuite, & rentre seule sur le Théâtre.

En vérité, cela m'amuse.

SCENE VIII.

ADELAIDE, JULIEN.

ADELAIDE, *courant au devant de Julien.*

Voila mon cher Julien !

JULIEN *surpris.*

Ciel !

ADELAIDE.

Qu'est-ce donc ?

JULIEN.

Excuse
Si je ne t'apporte pas.....

ADELAIDE.

Quoi ?

JULIEN.

Le bouquet que tu fais.... C'est oubli, sur ma foi.
Mais Adelaïde est trop bonne
Pour s'en fâcher.

ADELAIDE.

Julien , tu te moques de moi,
Une pareille faute à des gens comme toi,
Très-facilement se pardonne.

D U O.

ADELAIDE.

Ne m'aimes-tu pas ?

JULIEN.
Oui, je t'aime,
Je me plais à le répéter.

ADELAIDE.
Pour toi mon amour est extrême,
Julien, tu n'en saurais douter !
Ensemble.

JULIEN. Plus je suis sûr ⟩ de ta tendresse,
ADEL. Plus je te connois ⟨ de tendresse,
Et plus je m'empresse
A la mériter.
Le doux feu qui m'anime
Nourri par l'estime,
Ne sera qu'augmenter.

ADELAIDE.
Jamais pardon ne se refuse,
Quand on s'aime si fort.
Un Amant a-t-il tort,
Son Amante l'excuse,
C'est-là comme en amour
Il faut qu'on en use
Si l'on veut l'être à son tour.

ADELAIDE.
Tu voulais me donner un bouquet.

JULIEN.
Oui,

ADELAIDE.
C'est bon...
C'est moi qui t'en donne un.

(Elle lui présente le sien.)
JULIEN.
Mais....
ADELAIDE.
Non, je te le donne.

JULIEN.

Garde-le toi.

ADELAIDE.

Finissons-donc,

Prends-le.

JULIEN.

Pourquoi?

ADELAIDE.

Parce que je l'ordonne.

(Elle le lui préfente encore.)

Tiens....

JULIEN.

Fais-moi le plaifir....

ADELAIDE.

De le prendre.

JULIEN.

Moi? non.

ADELAIDE.

Il faudra que cela finiffe.

Je me facherai.

JULIEN *héfite pendant un moment, puis lui tendant la main.*

Donne.

ADELAIDE.

Il faut qu'on obéiffe.

(Après lui avoir mis le bouquet à fa boutonniere.)

Adieu, mon cher Julien.

JULIEN.

L'entretien n'eft pas long.

ADELAIDE.

(Le regardant de loin.)

C'eſt égal.....Ce bouquet te rend joli garçon.

JULIEN veut là ſuivre, mais elle lui fait ſigne qu'elle veut qu'il reſte.

SCENE IX.

JULIEN *ſeul.*

ARIETTE.

Pour gagner le cœur d'une belle,
Toujours ſoumis, toujours fidele,
Vous devez vivre ſous ſes loix.
Attendéz-vous que la cruelle
Uſera ſouvent de ſes droits.
Sans ceſſe près d'elle il faut être
A louer tout ce qu'elle fait ;
Soyez empreſſé, ſatisfait,
Tâchez du moins de le paraître :
L'homme, tant qu'amant eſt ſujet,
Une fois époux, il eſt maître.

SCENE X.

JULIEN, COLIN.

JULIEN.

TE voilà triste & morne
Comme un bélier par trop méchant
A qui l'on a rogné la corne.

COLIN.

Je n'ai pas lieu d'être content.

DUO.

COLIN.

Je suis d'une tristesse extrême,

JULIEN.

Julien au contraire est charmé.

Ensemble.

Le bonheur est d'être enflammé.

COLIN.

Mais c'est pour mon malheur que j'aime.

JULIEN.

Pour moi j'aime & je suis aimé.

COLIN.

Ah ! que ne le suis-je de même !

JULIEN.

La Bergere que je chéris
Sur moi, mon cher, à jamais regne !

COLIN.

La beauté dont je fuis épris
Et me rejette & me dédaigne;
Elle m'accable de rigueurs.
Elle est de ces beautés févères,
Auprès de qui les plus fincères
Ne versent jamais que des pleurs.

JULIEN.

Quand on ne peut chauffer fon four,
Sans confumer fon bois vainement, on le laiffe.
Fais de même, Colin. Puifqu'à force d'amour
Tu ne viens pas à bout d'enflammer ta maitreffe.
Plante-la là, crois-moi, fans tant flairer autour ....
Puifque, comme dit l'autre, *elle fait la tigreffe,*
Eh pardieu, mon ami, *fais le tigre à ton tour.*

COLIN.

Le feul défaut qu'elle ait, c'eft que rien ne la touche.
L'infenfibilité pour elle eft un devoir.
Elle eft vive, enjouée, aimable, mais frivole,
Au point que quand je veux lui dire une parole
    Pour exprimer ce que je fens,
Elle fe met à rire.... & rit comme une folle,
Puis décampe & me laiffe avec mes complimens.
Avec tant de rigueur, la friponne eft trop belle,
Avec tant de beauté, pourquoi fe connaît-elle?

JULIEN.

Mais je penfe une chofe; écoute, mon garçon,
    Cette fille t'aime peut-être.

COLIN.

    Elle m'aimer! oh, mon Dieu non.
Elle ne m'aime pas, j'en fuis fûr.

JULIEN.

Qu'en sai-t on ?
Peut-être qu'elle craint de te faire connaître
Ce qu'elle sent pour toi.

COLIN, *après avoir réfléchi.*

Cela pourrait bien être.

JULIEN.

Si cela se pourrait ? Parbleu ! crois-en Julien,
Patienter est tout ce qu'il faut que tu fasses.

ARIETTE.

Quand un Amant veut réussir,
De patience il faut qu'il use,
Car s'il prétend tout obtenir,
Dès qu'il se présente, il s'abuse.
D'abord on le refuse,
On le laisse languir ;
Mais ce n'est qu'une ruse
Qu'invente le plaisir,
Et que l'amour excuse.
L'amour serait sans feu s'il était sans desir.

Par-là, mon cher Colin, il faut bien que tu passes ;
Ne décesse jamais de lui faire ta cour.

COLIN.

Baste, elle me fuira.

JULIEN.

C'est toujours quelque chose :
Admire sa beauté, vante-lui ton amour....

COLIN.

Elle en rira.

JULIEN.

Tant mieux... ose, néanmoins, ose.

Quand elle reviendra conduire sur le soir
Ses moutons au hameau, cours remplir l'abreuvoir.
Il faut pour l'obliger faire tout ton possible,
Ce sont les petits soins qui la rendront sensible.

C O L I N.

Je ne sais pas.... Je crains....

J U L I E N.

    Que crains-tu? n'ais pas peur,
Souviens-toi de ceci : je te préviens d'avance,
Qu'elle n'osera pas t'avouer son ardeur :
Cherche donc, dans ses yeux, le secret de son cœur.
   Pour connaître ce qu'elle pense,
Les yeux en pareil cas sont le meilleur moyen ;
Toujours faire à la fille un peu de violence,
Ne pas trop écouter sa feinte résistance,
Est là ce qu'on appelle aimer, mais aimer bien.
L'amant respectueux l'inquiette & l'afflige,
Qui se contraint, la perd, qui la force, l'oblige.
Mais je n'y pensais pas, voici certain bouquet
Qui pourra te servir : il est frais & bien fait.
  A la fillette la plus fiere,
Un bouquet à la main rarement on déplait.
  Porte-le donc à ta Bergere.

C O L I N.

  Je ne le refuserai pas ;
Je suivrai tes conseils, & je t'en remercie.
Si je puis être aimé, je te devrai la vie,
Oui, je vais lui porter ce bouquet de ce pas.

J U L I E N.

  Va le lui porter au plus vîte.
Adieu, je te souhaite entiere réussite.

SCENE XI.

COLIN, *regardant son bouquet.*

ARIETTE.

HEUREUX bouquet, votre destin
Excite mon envie extrême,
Vous serez placé sur le sein
   De la beauté que j'aime :
   Que ne puis-je de même
Y porter la bouche ou la main !
Mais non, Colin serait content
Si cette belle seulement
Vous employait à sa parure.
   Pour un Amant
   Quel favorable augure
Quand on accepte son présent !

Il est temps de partir.

SCENE XII.

NICOLAS, COLIN.

NICOLAS, *arrêtant Colin comme il est prêt de
s'en aller.*

ECOUTE ça, Colin.
C'est la chose la plus étrange.

Tu fais bien que ma femme étiont un franc lutin,
J'ons fait par tes avis, qu'à préfent c'est un ange.
Je l'avons embrassée, elle pareillement,
Tout dret m'a riposté tout aussi tendrement
Que quand je l'embrassions avant le mariage;
    Et ce qui prouve davantage
Que je sommes tous deux remis sincèrement,
    C'est qu'on s'embrasse rarement,
    Quand ainsi l'on est en ménage.
Juges si Nicolas est joyeux à préfent !
Mais ce qu'avec plaisir tu vas, sans doute, entendre,
    C'est que Claudine absolument
    Veut que Colin soit notre gendre.

COLIN *après avoir témoigné à Nicolas sa surprise.*
(Haut.)

Qui ? moi ! j'en suis charmé !

NICOLAS, *qui l'a apperçu.*

        Ça te rend inquiet ?
Tu crains ? ton mariage est chose presque faire.

COLIN.

Ce n'est point ça du tout....

NICOLAS.

        Enfin, qu'est-ce que c'est ?

COLIN.

Je voudrais porter ce bouquet....

NICOLAS.

Ce bouquet. A qui donc ? à Laurette ?

COLIN.

        A Laurette.

NICOLAS.

Je t'approuve, Colin, c'est très-bien fait à toi.
Cours rejoindre Laurette, & près d'elle attends-moi,
Car j'avons entre nous bin des choses à dire.

SCENE XIII.

NICOLAS.

JE sommes raccordés, c'est-là le principal.
Dor'navant à notre aise, au moins, nous pourrons rire;
Si l'homme a pour femelle un méchant animal,
Comme je le disons.... là....soyons varitable;
Quand cet animal-là s'apprivoise une fois,
    C'est un animal bin aimable.
    On vient, c'est Laurette, je crois....
Oui, justement, c'est elle !

SCENE XIV.

NICOLAS, LAURETTE.

NICOLAS, *avec transport.*

EMBRASSE-MOI, ma fille !
Plus que jamais je te trouve gentille.
Dis-moi: par hasard, en chemin
N'as-tu pas rencontré Colin ?

LAURETTE, *tristement.*

Mon Dieu non.

N I C O L A S.

Il viendra, que ça ne t'inquiette.
Mais parlons d'autre chose à préfent.... Tu vois bin
Ces fagots.

L A U R E T T E.

Oui, mon père ,..... après.

N I C O L A S.

Eh bin, Laurette,
Dirais-tu qu'ils ont mis la paix dans la maifon.

L A U R E T T E.

Quoi! ferait-il poffible ?....

N I C O L A S.

Eh mais, c'eft bien vrai.

L A U R E T T E.

Bon!

Ma mère....

N I C O L A S.

Eft appaifée, & j'fommes avec elle
Raccordé tout-à-fait. Enfin plus de quarelle,
J'allons tous vivre en paix.

L A U R E T T E.

Avouez-le à préfent,
Cela vaut mieux que d'être à tout moment enfemble
A fe chamailler.

N I C O L A S.

Oui, vraiment!
C'n'eft pas tout : je voulons, puifque je fuis content,

Que tu le fois de même: itou le veut Claudine.
Toujours une fille à l'Amant
Préfere un Époux j'imagine.
C'a pofé, je voulons t'en donner un.

ARIETTE.

Ma Laurette eft en âge
D'être avec un mari,
Le prendre eft le parti
Selon moi le plus fage,
Un époux fait plaifir.
La vertu d'une belle
A l'âge du defir,
Que trop fouvent chancelle l
Tout cherche à la trahir.
C'eft une fleur nouvelle
Qui vient d'épanouir.
Si l'on veut en jouir,
Vîte on doit la cueillir ;
Souvent pour la flétrir,
Il ne faut qu'un coup d'aîle
Du plus léger zéphir.

Colin

Fera je penfe ton affaire,
Ais-je bin deviné?

LAURETTE.

Mon pere....

Colin....

NICOLAS.

Après, Colin.... ne t'aime-t-il pas bin?

LAURETTE.

Autrefois !.... A préfent il n'en eft plus de même,
Il ne m'aime plus.

NICOLAS.

Que dis-tu?

LAURETTE.

LAURETTE.

Ce que je fais. ce que j'ai vu,
Ce que m'a dit celle qu'il aime.

NICOLAS.

Ceux qui difont cela ce font des envieux.

LAURETTE.

Point du tout, je l'ai vu.... vu de mes propres yeux.
Quand fon amour était fincere,
Colin ne reftait pas une heure loin de moi.
Quand il faifait ce qu'il favait me plaire,
Il était content comme un roi:
A préfent quelle différence!
Quand je le vois.... que faut-il que j'en penfe?
Il eft tout inquiet, il ne me dit plus rien.
Cet air inquiet, ce filence,
Mon père? répondez, ne prouve-t-il pas bien
Que Colin n'a pour moi que de l'indifférence?

NICOLAS.

Jarni! comme l'amour vous baille de fcience,
Vous connaiffez le fin de la moindre action.
Que ton Colin ait tort.... Je ne dis pas que non.
Parce que je fentons que cela pouvont être.
Mais, ma fille, tu dois te faire une raifon.
Il eft certaine occafion
Où de fon cœur on n'eft plus maître:
Eh! ne favons-je pas ce que c'eft qu'un garçon;
Un minois agaçant fouvent n'a qu'à paraître,
Il y court, il le voit, puis après il revient.
Ces amours *inpromptu* ne valent rien qui vaille....
Ça ne fait que flamber... c'eft un vrai feu de paille,

Il s'allume bin vîte, & bin vîte il s'éteint.
　　Raffure-toi, ne perds pas efpérance.
　　Dès que Colin connaîtra fon offenfe,
Il viendra, près de toi, tout confus, tout honteux
T'en demander pardon, & t'en aimera mieux.
　　C'eft toujours là la manigance.
A propos, je l'avions oublié tout à-fait.
Pardienne à revenir, c'eft que Colin s'apprête.
Je l'ai vu tout-à-l'heure, il tenait un bouquet.
Ce bouquet, m'a-t il dit, je le porte à Laurette.
Tu vois.... En ce moment, il eft à parier
Qu'il te cherche par-tout.

L A U R E T T E.
Vous riez.

N I C O L A S *férieufement.*
Non.

L A U R E T T E.

Je n'ôfe

Malgré cela trop m'y fier.

N I C O L A S.

Tu fais mal.

A R I E T T E.

Colin veut revenir à toi,
Il t'aime encor, je te le jure.
Colin m'en a donné fa foi,
D'ailleurs ta beauté t'en affure.
Vois, femblable à ton amant,
Un papillon dans un champ ;
　　Qu'un œillet paraiffe,
　　Son cœur inconftant,

Quitte ſa maîtreſſe,
Et change à l'inſtant :
A l'œillet ſuccede
Le lys enchanteur,
Qui bientôt le céde,
A quelqu'autre fleur.
Mais reconnaiſſant ſon erreur,
A les quitter il ſe diſpoſe ;
Et plus content dans ſon ardeur,
Il revole enfin à la roſe.

Colin ſe diſpoſe
A venir avec toi ſe réconcilier.
A Colin pourras-tu refuſer quelque choſe,
Quand Colin viendra t'en prier ?

LAURETTE, *tendrement.*

Mon père.... Ah! ſi Colin était jamais capable
De m'avouer ſon tort, il ſerait plus aimable
Cent fois qu'auparavant....Oui, c'eſt ſans badiner!....
L'aveu ſeul de ſon tort le rendrait excuſable,
Que j'aurais de plaiſir à le lui pardonner !

SCENE XV.

LAURETTE, NICOLAS, JULIEN.

JULIEN, *ſans les appercevoir.*

ARIETTE.

UN inſenſible
Jouit toujours
D'un ſort paiſible.

Eſt-il poſſible
Qu'un cœur ſenſible
Ait de beaux jours ?
Les ſoins, les larmes ;
Et les alarmes,
Voilà les charmes
Qu'ont les amours.
Eſt-il poſſible
Qu'un cœur ſenſible
Ait de beaux jours ?

LAURETTE, *à Nicolas.*

Qu'a donc Julien?

NICOLAS.

Qu'as-tu, Compère,
Tu n'as pas l'air gayard comme à ton ordinaire.

ARIETTE.

Quand l'amour regne dans une ame,
L'Amant ſe reſſent de ſes feux ,
Sa tendre flamme
Eclate dans ſes yeux ;
Et quoiqu'il ſoupire ſans ceſſe
Après l'objet qui l'a charmé,
Par un effet de la tendreſſe
Son cœur ſe livre à l'allégreſſe.
Ah! peut-on ſe voir aimé,
Et connaître la triſteſſe !

JULIEN.

Il eſt vrai, Nicolas, que je ſuis amoureux.

NICOLAS.

Ne doit-on pas toujours être gai quand on aime?

JULIEN.

Vous ſavez bien qu'aimer & qu'être aimé, ſont deux.

Quand on eſt aimé, bon; mais ce n’eſt plus de même
Quand on ne l’eſt pas.

NICOLAS.

Oui, j’approuve ta raiſon.
Il faut être ma foi bin fiare & bin rigide,
Pour refuſer d’aimer un ſi joli garçon!....
N’aimais-tu pas Adelaïde?

LAURETTE, *ſurpriſe.*

Adelaïde?

JULIEN.

Hélas! oui.

NICOLAS.

Qu’eſt-ce?

LAURETTE.

Oh bien, c’eſt bon!
Mon pere, c’eſt juſtement elle....

NICOLAS.

Après?

LAURETTE.

Qu’aime Colin.

JULIEN.

C’eſt Colin juſtement
Qui cauſe la peine cruelle
Où vous me voyez maintenant.
J’aimais Adelaïde, elle m’aimait de même;
Je ne ſais pas comment Colin eſt ſurvenu,
Apparemment il aura plu;
Mais je ſais bien, & que trop même,
Que de s’en faire aimer, le traître eſt parvenu....

C'est Julien que l'on hait, & c'est Colin qu'on aime!
Pour cesser d'être aimé, qu'ai-je fait cependant!

NICOLAS *regardant Laurette. A Julien.*
Hem! c'est un vertigo qui leur passe souvent.

LAURETTE, *à Julien.*
Ce que vous fait Adélaïde,

JULIEN.
Après.

LAURETTE.
Colin m'en fait autant.

JULIEN.
Quoi! vous l'aimiez?

LAURETTE, *soupirant.*
Que trop!

NICOLAS *la contrefaisant.*
Que trop! c'est un perfide!

JULIEN.
Quand il me disait ce matin
Que sa Belle pour lui n'avait que du dédain,
Cette Belle était donc Adélaïde?

NICOLAS, *riant.*
Oui, bin!

JULIEN.
Et moi qui lui donnais des conseils pour lui plaire...
Qui lui disais enfin tout ce qu'il fallait faire,
Qui lui.... Que sais-je moi ce que je lui disais?
J'en ai tant dit.... Je lui parlais
Comme fait un ami sincère.

NICOLAS.
Tes conseils, n'étaient pas mauvais,
Comme on disont en bon Français,
C'est bailler un bâton pour se rosser soi-même.

LAURETTE, *à Nicolas.*
Ne vous avais-je pas bien dit
Que jamais Colin....

NICOLAS.
Non.... Suffit....
Tu te trompais.

JULIEN.
Je fais qu'Adelaïde l'aime.

NICOLAS.
Vous fçavez toujours tout, vous autres amoureux,
Et vous ne favez rien.

JULIEN.
Ils s'aiment tous les deux.
Quoique vous en difiez.

NICOLAS.
Qui te l'a dit?

JULIEN.
Ma vûe.

NICOLAS.
Ta vûe en a menti,

JULIEN.
J'avais donc la berlue
Quand je voyais Colin lui donner un bouquet,
Et que toute contente elle le recevait?

LAURETTE.
Un bouquet!

NICOLAS.
Un bouquet!

JULIEN.
Sans doute.... Que je meure
C iv

Si cela n'eſtpas vrai.

NICOLAS.

C'eſt mal!

LAURETTE.

Oui, tout-à-fait.

JULIEN.

Mais hélas! ce qui cauſe encore plus mon regret....
C'eſt moi qui l'ai donné ce bouquet tout-à-l'heure.

LAURETTE.

Vous le voyez, mon père.

JULIEN.

Ai-je tort à préſent?
Me croyez-vous? parlez, en faut-il davantage?

NICOLAS *les prenant par la main.*

Chut, les voici.... Derriere ce feuillage
Allons nous cacher un moment....

(Ils ſe retirent.)

Doucement , chut.... Point de tapage.
Comme ça nous pourrons nous convaincre aiſément.

SCENE XVI & *derniere.*

Les Acteurs précédents. ADELAIDE, COLIN.

ADELAIDE, *d'un ton moqueur.*

COLIN!

COLIN, *à part.*

Oui, de l'aimer je suis fou, je l'avoue;
Mais puisqu'ainsi de moi la friponne se joue,
Je veux d'elle à présent me jouer à mon tour.

(*Haut, en lui présentant le bouquet de Laurette.*)
Ceci vous seroit-il garant de mon amour?

ADELAIDE *le regardant.*

Eh quoi ! c'est le portrait de Laurette, je pense?

COLIN.

Vous l'avez deviné.... C'est le sien.

ADELAIDE, *à part.*

Je commence
A deviner pourquoi Laurette m'engageait
A ne le pas aimer.... Je connais son secret !

COLIN, *à part.*

Laurette est la seule que j'aime.

ADELAIDE.

Reprenez ce portrait, je n'en ai pas besoin.
Je vous rendrais aussi ce bouquet là de même.
S'il ne m'appartenait ; mais Julien est témoin....

COLIN, *arrachant le portrait des mains d'Adelaïde.*

C'eft de lui qu'il me vient, auffi je vous le laiffe.
Je voulais voir jufqu'où votre extrême fierté
       Abuferait de ma tendreffe.
       Maintenant votre cruauté
Me fait ouvrir les yeux fur ma faibleffe.
       Je reconnais mon infidélité !
Oui, c'eft là le portrait de celle que j'adore,
Que j'aimais autrefois, & qui m'aimait auffi....
       Et qui m'aime peut-être encore.
       Mais je crains qu'il n'en foit ainfi.
       Quelque Rival plus fortuné peut-être,
       Mais à coup fûr moins amoureux que moi,
       S'eft à préfent de fon cœur rendu maître....
       Jadis ce cœur, Colin, était à toi !
       Laurette ne fait pas encore
       Ce qu'entre nous il vient de fe paffer,
Faites toujours qu'elle l'ignore.
Non, malgré la rigueur de votre caractère,
       Vous ne pourrez vous difpenfer
De m'accorder une grace légere....
       J'aime du moins à le penfer.

NICOLAS, *paraiffant tout-à-coup, tenant Laurette*
       par la main.

                 Ce que tu veux eft infaifable,
Car Laurette fait tout....

       COLIN, *fe jettant aux pieds de Laurette.*
                 Ah ! Laurette !....

       NICOLAS, *le relevant.*
                          Elle fait

A quel point t'a porté ton amour indiscret.
(*A Laurette.*)
Mais tu sais qu'il n'est pas non plus inexcusable;
Tu viens d'être témoin, & moi-même à l'instant
D'un desir de retour & sincère & constant.
  D'ailleurs ta parole t'engage,
Romps tout commerce avec les Bergers du canton,
  Puisqu'à Colin ils font ombrage :
Ne recherche plus tant désormais leur hommage.
  Enfin, pour parler tout de bon,
Sois moins coquette,
  (*A Colin.*) & toi, sois un peu moins volage.

COLIN.

Il est vrai, je le fus, on en voit la raison....
  Mais n'en parlons pas davantage.
Ton amant pourrait-il espérer un pardon?
Adelaïde fait signe à Laurette pour lui marquer qu'elle connaît son Amant.

NICOLAS.

Je connais son bon cœur, elle te le pardonne.

COLIN.

Parle, puis-je le croire?

ADELAIDE.

  Est-ce oui?

NICOLAS.

  Serait ce non?

LAURETTE.

Que répondrais-je!

COLIN, NICOLAS, ADELAIDE, *ensemble.*
Un oui!

NICOLAS.
  Ce mot n'est pas si long.

LAURETTE.

Puisque vous le voulez....Oui....Mais je suis trop bonne.

COLIN.

ARIETTE.

A présent ma joie est complette :
Non, rien n'égale mon bonheur ;
L'inconstance, ma Laurette,
N'est pas un si grand malheur.
C'est le plus grand bien, peut-être,
Elle augmente mon ardeur.
Ce n'est qu'en suivant cette erreur,
Que j'ai bien appris à connaître
Tout le prix de ton cœur.

ADELAIDE à *Colin.*

M'en voulez-vous encor ? tout ce que je disais,
C'était pour rire. Je savais
Que vous m'écoutiez par derrière.
Je vous nommais fourbe, imposteur ;
Mais je connaissais le contraire :
Ainsi faisons la paix.

COLIN.

Je desire la faire.
Puis je m'en empêcher ? je vous dois mon bonheur.

ADELAIDE.

Et moi je vous dois mon malheur.
De Julien vous m'avez attiré la colere.
Vous avez vû les yeux qu'il m'a fait devant vous.
Il va m'abandonner.

JULIEN, *paraissant tout-à-coup.*

En ferais-je capable ?
Non, j'ai plutôt mérité ton courroux....

COLIN, *à Julien.*

Et moi le tien..... Colin feul eſt coupable.

NICOLAS.

Aucun de vous ne l'eſt; ſi vous l'avez été,
    Vous ceſſez à préſent de l'être.
Souvent par un caprice on ſe ſent emporté:
    Et d'un caprice eſt on le maître !
    Mais pour couper court à ceci,

(*A Colin.*)
    Pour épouſe accepte Laurette,
    Sois ſon amant, ſoit ſon mari.

(*A Adelaïde & à Julien.*)
    Et vous itout dès aujourd'hui
    Soyez-en ſûr, la choſe eſt faite.
    Vous ſerez mariez auſſi.
Oui, n'ayez là-deſſus inquiétude aucune.
Mes enfans, jouiſſez de la bonne fortune.
    A commencer dès aujourd'hui
    Plus d'inconſtanee & de rancune.
Le courroux des amans n'eſt permis par l'amour
Que pour leur procurer les douceurs d'un retour.

QUINQUE.

    La tendreſſe
    Eſt la maîtreſſe
    De tous les cœurs.

COLIN, JULIEN.	ADELAIDE, LAURETTE.
Envain le dépit vous preſſe	Envain le dépit vous preſſe
D'uſer envers nous de rigueurs;	D'uſer envers nous de rigueurs;
Quand vous voyez couler nos pleurs,	Quand nous voyons couler vos pleurs,
Le dépit ceſſe.	Le dépit ceſſe.

NICOLAS.

En vain le dépit vous preſſe
D'uſer envers eux de rigueurs ;
Quand vous voyez couler leurs pleurs,
Le dépit ceſſe.

Tous enſemble.

La tendreſſe
Eſt la maitreſſe
De tous les cœurs.

NICOLAS.

La ſombre indifférence
N'eſt point faite pour vous.
Heureux Amans, heureux Époux,
Avec l'amour, l'himen d'intelligence,
Vous invite à goûter les plaiſirs les plus doux !

FIN.

Lû & approuvé ce 7 Août 1775. CRÉBILLON.

Vû l'Approbation, permis d'imprimer ce 7 Août 1775. *ALBERT.*

A PARIS,

De l'Imprimerie de CAILLEAU, rue Saint-Severin,
vis-à-vis des murs de l'Egliſe.

www.ingramcontent.com/pod-product-compliance
Lightning Source LLC
LaVergne TN
LVHW020552060726
842525LV00004B/1413